FELGINES M.J. 93

4

COMPLAINTE

DES FILLES,

Auxquelles on vient d'interdire l'entrée
des Thuilleries, à la brune.

COMPLAINTE
DES FILLES

Auxquelles on vient d'interdire l'entrée
des Thuileries, à la brune.

DE la plus fenfible douleur,
Nous avons l'ame pénétrée,
Une cabale conjurée
Pour mortifier notre honneur
Nous a contre vent & marée,
Après deux fiécles de bonheur,
Fait enfin défendre l'entrée
De ce promenoir enchanteur,
Où nous avions le privilége
De convoquer foir & matin
L'Amour, & le riant cortege
Des jeux qu'il conduit par la main.

A

Ce font tes tours, cruelle envie,
Tu répands par-tout ton venin;
Tu te montres du genre humain
La plus implacable ennemie;
Et fur le fexe feminin
Tu repais fur-tout ta furie.
A la Ville comme à la Cour
L'on voit des foupçons, des allarmes,
Et l'on fait la guerre à l'Amour
En rendant hommage à fes charmes.

    François, que vous êtes cruels!
Si ce Dieu dans quelques retraites
Voit fumer l'encens des mortels,
Bien-tôt des langues indifcretes
Frondent fon Trône & fes Autels.
Du favorable & doux myftere
On leve hardiment le manteau;
Sans favoir tout voir & fe taire,
L'on veut arracher le bandeau
Qui couvre l'enfant de Cithere;
Et pour éteindre fon flambeau
En le prenant dès le berceau

L'on blâme avec un ton févere
Ce que foi-même on voudroit faire.
Non, il n'eft plus de charité,
Tout eft l'objet d'une critique
Quoiqu'à l'utilité publique
On fe confacre avec bonté
Par goût ou par néceffité ;
Il faut toujours que le cynique
Prêche & fronde avec âcreté.
Depuis qu'on fait un édifice
Dans un Palais jadis fameux,
Par le concours des Amoureux
Nous n'avions plus qu'un bel hofpice,
Où tous les Amours ténébreux,
Avoient encor le bénéfice
De donner l'effor à leurs feux.
Dans un réduit tranquille & fombre
Loin du commerce des humains.
Le bienfaifant Dieu des jardins
Nous favorifoit de fon ombre
Sans fcandalifer les voifins.
Le doux myftere & la Verdure

Déroboient aux yeux nos attraits,
Et nous y differtions en paix
Sur les effets de la nature.
Quelquefois fur un verd gazon
On fe livroit à la faillie,
Le plaifir dictoit fa leçon,
Et quelques inftants de folie
Valoient un fiécle de raifon,
Quand la Pratique étoit polie,
Et qu'on rioit à fraix commun.
D'autres fois l'on faifoit fa paufe
Sur un banc loin des importuns,
Et la fleur fraîchement éclofe
Nous embaumoit de fes parfums.
Dans le fecret & le filence
Nous prenions l'air fous les berceaux
Où nous n'avions que les oifeaux
Pour témoins de notre alliance
Et bien fouvent notre préfence
Y prévenoit de plus grands maux.
  Pour gouter nos plaifirs champêtres
Un gros Financier, un Robin,

Un Ecolier, un vieux bouquin
Et quelquefois des petits Maîtres
Venoient encenfer nos appas:
D'autres guidés par l'habitude
En fe cachant à petit pas
Venoient à notre folitude
Dans une modefte attitude
Pour nous complimenter tout bas,
Et nous donner la certitude
Qu'Amour ne les tourmentoit pas.
Nous jouiffions d'un fort tranquille.
Et voilà qu'un efprit malin
Vient nous chaffer de notre afyle,
Et qu'un reglement inhumain
Dont retentit toute la Ville,
Nous ôte notre gagne-pain,
Sans égard pour l'homme fragile
Qui fent l'aiguillon clandeftin
D'un tempéramment indocile,
Et qui du fexe féminin
Pour avoir un fommeil benîn
Invoque la reffource utile.

A iv

Faudra-t-il donc fur les remparts
Gagner triftement notre vie?
Braver les vents ou les brouillards,
Les odeurs, la crotte & la pluie,
Pour amadouer des foudars,
Qui ne nous payent qu'en liards,
Et qui pour un rien en furie
Lancent des coups & des brocards
Suivis de groffe maladie?

Nous avons un Roi bienfaifant,
Qui veut que tous fes fujets vivent,
Du fruit de leur petit talent,
Pourvû qu'exactement ils fuivent
Un régime fimple & décent.
Or, c'eft nous faire trop d'injures,
Que de nous bannir d'un jardin.
Où l'on admet foir & matin
Les plus abjectes créatures,
Des poliçons & des vauriens;
Sans compter les chats & les chiens
Qui vont y faire leurs ordures.
Nous ne choquons point le coup d'œil;

L'Opéra fini, l'on abonde,
Et nous n'avons jamais l'orgueil
De nous fourer dans le beau monde.

Que l'on expulfe des Palais
Les vendeurs de colifichets,
Ou les marchands de contrebande,
Le peuple ne criera jamais;
L'intérêt public le demande :
Mais nous qui faifons un métier
Favorable aux defirs de l'homme,
Devroit-on nous facrifier?
Il faudroit du moins comme à Rome
Nous affigner quelque quartier,
Où pour une modique fomme
On nous permit de travailler
D'étaler & de détailler.

Faut-il donc avoir équipage
Et loger au premier étage;
Faut-il avoir des diamants,
De grands laquais, & le vifage
Couvert de rouge jufqu'aux dents
Pour jouir du bel avantage

De dévalifer les Galants,
Sans éprouver aucun orage?
L'Amour aime les pauvres gens
A la Ville comme au Village.
Il faut donc qu'on trouve à Paris
De la marchandife à tout prix;
De tous les temps c'eft un ufage
Parmi nous comme en tout pays,
Et l'Etranger doit rendre hommage
Aux droits que nous avons preferits
Contre les loix du Mariage,
Dont nous ne traçons qu'une image.
Si ceux qui fe fentent épris
D'un fumet de libertinage
Par nous rifquent d'être punis,
Ce n'eft pas un fi grand dommage,
C'eft leur faute, s'ils y font pris.

Jadis dans le Jardin d'un Prince
Les chiens de Ville & de Province
Avoient de fréquens rendez-vous:
Ils commettoient des indécences,
Mais de féveres ordonnances

Les exilerent bientôt tous.
Le fouet en main, un grand Suiſſe
Leur faiſoit faire l'exercice,
Crioit, les aſſommoit de coups,
Et leur faiſoit honte du vice.
Devons-nous craindre que ſur nous
On exerce ainſi la juſtice?
Le gouvernement eſt trop doux
Pour nous traiter comme une Lice,
Et quand il veut qu'on nous puniſſe,
A l'Hôpital ſous les verroux,
Par Ordonnance de Police,
On nous fait porter un cilice
Pour gagner la gale & des poux:
C'eſt bien aſſez pour nos cinq ſous.
Il faut un peu qu'on nous pardonne,
C'eſt par fois la fragilité;
Et plus ſouvent la pauvreté,
Qui pour ſubſiſter, nous ordonne
De barbouiller la chaſteté.
L'on céde au beſoin qui commande,
Quand on eſt preſſé par la faim,

Et quand nous marchons au ferein,
C'eſt moins pour avoir de la *viande*
Que ce n'eſt pour avoir du pain.
Notre corps, notre houpelande
Compoſent notre Saint-Creſpin :
Il faut bien en faire une offrande,
Dès que d'ailleurs on n'a plus rien,
Puiſqu'aux termes de la légende
Se laiſſer mourir n'eſt pas bien
Pour peu qu'on ait le cœur chrétien.
A midi l'on mange la foupe,
Le foir il faut encore fouper,
Et nous avons beau galopper,
La difette eſt toujours en croupe
Sans autre moyen d'échapper.
Il faut du bois, de la chandelle,
L'on veut acquitter fon loyer,
Ou faute de pouvoir payer
On met nos meubles en canelle.
Plus pour la Capitation
On nous met encore en dépenſe,
Mais de cette impoſition

L'on devroit nous donner quittance;
Tout le monde fçait en effet
Que c'eft par tête qu'on la met,
Et ce n'eft pas cette *partie*
Qui nous fait gagner notre vie;
Mais pour nous on change l'objet:
Ainfi malgré notre induftrie,
Il ne nous refte rien de net.
Le Reglement qui nous pourchaffe,
Nous chagrine & nous embarraffe;
Nous n'avions plus qu'un feul réduit
Où nous trouvions quelque profit,
Et le Gouverneur nous en chaffe.
Comment faire! le pain eft cher,
Faudra-t-il donc en pet-en-l'air
Aller racrocher dans les rues,
Ou nous montrer à demi-nues,
Même dans le fort de l'hyver?
Non, car on y verra trop clair:
Nons ferions bien-tôt reconnues;
Le guet eft un rude ennemi,
La Police qui nous tourmente

A rendu la Ville éclatante
Dans la nuit comme en plein midi,
Et les filoux en ont gémi.
Sur nous dès la premiere affaire
On aura bien-tôt mis la main,
Et l'intraitable Commiffaire
Nous fera mettre à faint Martin,
Où l'on couche avec le chagrin,
Le défefpoir & la mifere.
Ainfi, plaignez notre deftin,
Citoyens, dont le caractere
A la bienfaifance eft enclin.
Si l'on doit affifter fon frere,
L'on doit aider auffi fes fœurs :
Procurez-nous quelques douceurs :
L'on priera pour vous à Cithere,
Et l'Amour fuppliera fa mere
De vous accorder des faveurs;
Mais nos vœux feront inutiles,
Le Public fut toujours ingrat,
Et par des propos inciviles,
Il aggravera notre état;

Sans pitié, fans reconnoiffance ;
Il badine des maux d'autrui :
Sa vive humeur, fon inconftance
Le font plaifanter fur la France
Comme il feroit fur l'ennemi ;
Et pour diffiper fon ennui,
Il fe raille avec complaifance
De ceux qui travaillent pour lui,
Dès qu'il les voit dans l'indigence.

F I N.